DER BÄR

ANTON TSCHECHOW

Personen.

Helene Iwánowna Pópow, eine junge Witwe, Gutsbesitzerin.

Grigórji Stepánowitsch Smírnow, Gutsbesitzer.

Luká, Diener bei Frau Popow.

Ein Gärtner. Ein Kutscher. Mehrere Arbeiter.

O r t   d e r   H a n d l u n g : Das Gut der Frau Popow.

Z e i t : Die Gegenwart.

Die Bühne stellt ein elegant eingerichtetes Empfangszimmer dar.

Rechts und links vom Schauspieler.

Frau Popow wird vom Dichter als eine junge Witwe mit Grübchen in den Wangen bezeichnet; Smirnow als ein Mann in den mittleren Jahren.

V o r k o m m e n d e   N a m e n : Nikolai Michailowitsch, Riblów, Kortschágin, Wlássow, Welikán, Tamára, Pelagéja, Simión, Grúsdew, Iroschéwitsch, Kúrzin, Masútow, Dáscha.

w am Schlusse eines Namens ist wie f zu sprechen.

Die deutsche Uraufführung fand am 11. Oktober 1900 an der Berliner Sezessionsbühne statt.

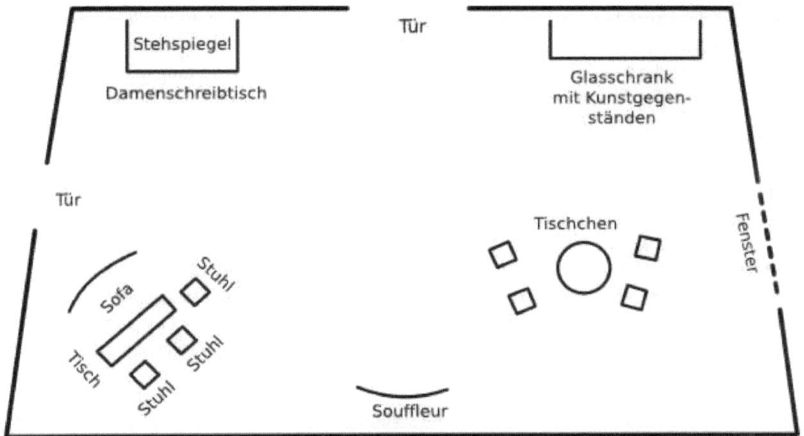

E m p f a n g s z i m m e r   i m   H a u s e   d e r   F r a u   P o p o w   n a c h   d e m
v o r s t e h e n d e n   D e k o r a t i o n s p l a n .

Erster Auftritt.

Frau Popow. Luka.

Frau Popow (in tiefer Trauer, sitzt auf dem Sofa rechts, blickt unverwandt eine Photographie an).

Luka. Es ist nicht recht, gnädige Frau… Sie richten sich zugrunde. Die Magd und die Köchin sind Beeren suchen gegangen, alles, was atmet, freut sich des Daseins, selbst die Katze versteht sich auf ihr Vergnügen – schleicht im Hof umher und fängt Vögel; bloß Sie hocken den ganzen Tag im Zimmer, gerade wie in einem Kloster und haben so gar keine Freude… Ja, wahrhaftig, wenn man genau nachrechnet, haben Sie ein Jahr lang das Haus nicht verlassen.

Frau Popow. Und ich werde es auch niemals verlassen… Wozu? Mein Leben ist abgeschlossen… Er liegt im Grabe, ich habe mich zwischen diesen vier Mauern begraben… Wir sind beide gestorben.

Luka. Da hat man es! Es ist nicht zum Anhören, wirklich wahr! Nikolai Michailowitsch ist gestorben, so war es Gottes Wille, Gott geb' ihm die ewige Ruh'… Sie haben sich gegrämt, nun ist's genug, es ist Zeit, aufzuhören. Man kann nicht ewig weinen und Trauerkleider tragen. Auch mir ist vor Jahren meine Alte gestorben… Ich habe mich gegrämt, einen Monat lang habe ich geweint, und dann war's genug. Kann man denn ewig Klagelieder singen? Das war ja die Alte auch nicht wert. (Er seufzt.) Sie haben alle Nachbarn vergessen… Sie fahren nicht aus und wollen auch niemand empfangen. Wir leben, verzeihen Sie, wie die Spinnen, das liebe Tageslicht sehen wir nicht. Die Livree ist von den Mäusen zerfressen… Und wenn es noch keine guten Menschen gäbe, aber der ganze Umkreis ist voll von Herrschaften… In Riblow steht das Regiment, Offiziere – einfach Konfekt, man kann sich nicht satt sehen! Und im Lager ist an jedem Freitag Ball, und jeden Tag spielt die Militärmusik… Ach, meine liebe, gnädige Frau! So jung und so schön wie Sie sind, Milch und Blut, wenn Sie doch nur Ihrem Vergnügen leben wollten … die Schönheit ist nicht für immer gegeben! Wenn so zehn Jährchen vorbei sind, dann werden Sie gern paradieren wollen, um die Herren Offiziere daran zu bekommen, aber da wird es zu spät sein.

Frau Popow (entschieden). Ich bitte dich, mir nie mehr davon zu sprechen. Du weißt, daß mein Leben seit dem Tode Nikolai Michailowitschs für mich jeden Wert verloren hat… Du glaubst, ich lebe, aber es scheint dir bloß… Ich habe am Grabe gelobt, diese Trauerkleider nicht abzulegen und fern von der Welt zu leben… Hörst du? Möge seine abgeschiedene Seele sehen, wie ich ihn liebe… Ja, ich weiß, es ist für dich kein Geheimnis – er war oft ungerecht gegen mich, grausam und … er war mir nicht treu, aber ich werde treu sein bis zum Grabe und ihm beweisen, wie ich zu lieben vermag… Dort im Jenseits wird er mich ebenso finden, wie ich bis zu seinem Tode gewesen…

Luka. Wozu diese Worte … wenn Sie doch lieber im Garten spazieren gingen oder befehlen wollten, Tobby oder den Welikan vorzuspannen, um die Nachbarn wieder einmal zu besuchen.

Frau Popow (weint). Ach!

Luka. Gnädige Frau! Meine liebe gnädige Frau! Was ist's? Um Christi willen!…

Frau Popow. Er hat Tobby so sehr geliebt! Er ließ ihn immer anspannen, wenn er zu Kortschagins und Wlassows fuhr. Wie herrlich er kutschierte! Wie hübsch er aussah, wenn er aus allen Kräften die Zügel an sich zog! Erinnerst du dich? Tobby, Tobby! Laß ihm heute ein Achtel Hafer mehr geben!

Luka. Zu Befehl.

(Ein heftiges Klingeln.)

Frau Popow (zuckt zusammen). Was ist das? Sage, daß ich niemand empfange!

Luka. Zu Befehl! (Er geht durch die Mitte ab.)

Zweiter Auftritt.

Frau Popow allein.

Frau Popow (die Photographie anblickend). Du wirst sehen, Nikol, wie ich zu lieben und zu verzeihen vermag... Meine Liebe wird mit mir zugleich erlöschen ... wenn mein armes Herz zu schlagen aufhören wird. (Sie lächelt unter Tränen.) Und du schämst dich nicht? Ich bin ein braves, treues Weib, ich habe mich eingekerkert und werde dir treu bleiben bis zum Grabe, und du ... und du ... schämst dich nicht, mein liebes Ungeheuer! Hast mich betrogen, hast mir Szenen gemacht, hast mich lange Wochen allein gelassen...

Luka (tritt in großer Aufregung ein).

Dritter Auftritt.

Frau Popow. Luka.

Luka. Gnädige Frau, es fragt jemand nach Ihnen, will Sie sehen…

Frau Popow. Du hast doch gesagt, daß ich seit dem Tode meines Mannes niemand empfange?

Luka. Das habe ich gesagt, aber er will nichts davon hören, er sagt, es sei eine sehr dringende Angelegenheit.

Frau Popow. Ich em–pfan–ge nicht!

Luka. Das habe ich ihm ja gesagt, er ist ein Wilder, er schimpfte und drang einfach ins Zimmer ein … er steht schon im Speisezimmer…

Frau Popow (erregt). Gut, laß ihn herein. Welche Zudringlichkeit!

Luka (durch die Mitte ab).

Frau Popow. Wie lästig die Menschen sind! Was wollen sie von mir? Warum stören sie meine Ruhe? (Sie seufzt.) Ja, es ist ganz klar, ich werde wirklich ins Kloster gehen müssen… (Nachdenklich.) Ja, ins Kloster…

Smirnow (tritt ein, gefolgt von Luka).

Vierter Auftritt.

Frau Popow. Luka. Smirnow.

Smirnow (zu Luka). Dummkopf, plapperst zu viel… Esel!… (Frau Popow erblickend, mit Würde.) Meine Gnädige, ich habe die Ehre, mich vorzustellen: Artillerieleutnant außer Dienst, Grundbesitzer, Grigorji Stepanowitsch Smirnow! Bin gezwungen, Sie in einer höchst wichtigen Angelegenheit zu belästigen…

Frau Popow (ohne ihm die Hand zu reichen). Was wünschen Sie?

Smirnow. Ihr seliger Gatte, mit dem ich die Ehre hatte, bekannt zu sein, blieb mir zwei Wechsel im Betrage von zwölfhundert Rubel schuldig. Da ich morgen in der Agrarbank Zinsen zu erlegen habe, möchte ich Sie ersuchen, meine Gnädige, mir das Geld noch heute zu bezahlen…

Frau Popow. Zwölfhundert … und wofür ist mein Mann Ihnen das schuldig geblieben?

Smirnow. Er hat Hafer von mir gekauft.

Frau Popow (seufzend zu Luka). Luka, vergiß also nicht zu sagen, daß man Tobby ein Achtel Hafer mehr geben soll.

Luka (geht ab).

Frau Popow (zu Smirnow). Wenn Nikolai Michailowitsch Ihnen das schuldig geblieben, so werde ich selbstverständlich bezahlen, aber bitte, entschuldigen Sie, ich habe heute das Geld nicht zur Verfügung. Übermorgen kehrt mein Verwalter aus der Stadt zurück, und ich werde ihn beauftragen, Ihnen zu zahlen, was Ihnen gebührt, aber bis dahin kann ich Ihren Wunsch nicht erfüllen… Überdies sind es gerade heute sieben Monate, daß mein Mann gestorben ist, und ich bin nicht in der Stimmung, mich mit Geldangelegenheiten zu beschäftigen.

Smirnow. Und ich befinde mich in einer Stimmung, daß ich, wenn ich morgen die Zinsen nicht einzahle, mit den Füßen nach oben durch den Schornstein werde fliegen müssen. Man wird mein Gut sequestrieren!

Frau Popow. Übermorgen erhalten Sie das Geld.

Smirnow. Ich brauche das Geld nicht übermorgen, sondern heute.

Frau Popow. Verzeihen Sie, heute kann ich Ihnen nicht zahlen.

Smirnow. Und ich kann bis übermorgen nicht warten.

Frau Popow. Was soll ich aber tun, wenn ich es nicht sofort habe!

Smirnow. Sie können also nicht zahlen?

Frau Popow. Ich kann nicht…

Smirnow. Hm… Ist das Ihr letztes Wort?

Frau Popow. Ja, das letzte.

Smirnow. Das letzte? Endgültig?

Frau Popow. Endgültig.

Smirnow. Danke gehorsamst. Wir wollen uns das merken. (Er zuckt die Schultern.) Und da verlangt man noch, daß ich kaltblütig sei! Der Akzisebeamte begegnete mir soeben auf dem Wege und fragte: »Warum ärgern Sie sich immer, Grigorji Stepanowitsch?« Ja, erbarmen Sie sich, wie soll ich mich denn nicht ärgern? Ich brauche Geld, das Messer steht mir an der Kehle… Gestern früh fuhr ich schon beim ersten Morgengrauen vom Hause fort und war bei allen meinen Schuldnern. Wenn auch nur einer von ihnen seine Schuld bezahlt hätte! Abgeschunden habe ich mich, wie ein Hund, habe, der Teufel weiß wo, in einer jüdischen Schenke übernachtet, neben einem Schnapsfaß… Endlich komme ich hierher, siebzig Werst vom Hause, und hoffe, Geld zu bekommen, und da regaliert man mich mit »Stimmung!« Wie soll ich mich da nicht ärgern?

Frau Popow. Ich glaube, Ihnen deutlich gesagt zu haben: der Verwalter wird aus der Stadt zurückkehren, dann erhalten Sie das Geld.

Smirnow. Ich bin nicht zum Verwalter, sondern zu Ihnen gekommen! Was Teufel, verzeihen Sie den Ausdruck, kümmert mich Ihr Verwalter!

Frau Popow. Entschuldigen Sie, verehrtester Herr, ich bin weder an Ihre sonderbaren Ausdrücke, noch an einen solchen Ton gewöhnt. Ich höre Sie nicht weiter an. (Sie geht rasch nach links ab.)

Fünfter Auftritt.

Smirnow allein.

Smirnow. Was sagt man dazu? Stimmung! Vor sieben Monaten ist der Mann gestorben! Aber muß ich die Zinsen einzahlen oder nicht? Ich frage, muß ich die Zinsen zahlen oder muß ich nicht? Nun ja, der Mann ist gestorben, Stimmung und allerlei Faxen … der Verwalter, der Teufel hole ihn, ist irgend wohin gefahren, nun, befehlen Sie, was soll ich tun? Soll ich etwa im Luftballon meinen Gläubigern entfliehen? Oder mit dem Kopf die Mauer einrennen? Komme ich zu Grusdew, geruht er nicht zu Hause zu sein, Iroschewitsch hat sich einfach versteckt, mit Kurzin habe ich mich tödlich gezankt und ich hätte ihn beinahe zum Fenster hinausgeworfen, Masutow hat die Cholerine und bei der da – Stimmung! Keine einzige Kanaille will zahlen! Und das alles nur deshalb, weil ich sie alle zu sehr verwöhnt habe, weil ich ein Jammermeyer, ein Waschlappen, ein altes Weib bin! Ich bin zu zartfühlend mit ihnen! Aber wartet nur! Ihr werdet mich kennen lernen! Ich gestatte keinem, mit mir seinen Scherz zu treiben, der Teufel noch einmal! Ich bleibe hier und werde nicht von der Stelle weichen, bis sie zahlt! Brrr!… Wie bös ich heute bin, wie schrecklich bös ich bin! Vor Bosheit zittern mir alle Sehnenbänder und der Atem versagt mir… Pfui, mein Gott! übel, schlecht wird mir sogar. (Er schreit.) Diener!

Luka (tritt ein).

Sechster Auftritt.

Smirnow. Luka.

Luka. Was steht zu Diensten?

Smirnow. Gib mir Kwas oder Wasser!

Luka (geht ab).

Smirnow. Nein, was sagt man dazu! Sie hat es nicht zur Verfügung! Was ist das für eine Logik! Einem Menschen steht das Messer an der Kehle, er braucht Geld, er ist auf dem Sprunge, sich zu erhängen, und sie zahlt nicht, weil sie nicht in Stimmung ist, sich mit Geldangelegenheiten zu beschäftigen. Sieh mal! Echte Frauenlogik, Turnürelogik! Darum habe ich auch nie mit Frauen sprechen wollen, und tue es auch jetzt nicht gern. Mir fällt es leichter, auf einem Pulverfaß zu sitzen, als mit einer Frau zu reden. Brrr!… Eiskalt überläuft es mich, so sehr hat mich diese Turnüre erbost! Ich brauche nur aus der Ferne so ein poetisches Geschöpf zu erblicken, so bekomme ich vor Wut Wadenkrämpfe. Man müßte einfach zu Hilfe! schreien.

Luka (tritt ein).

Siebenter Auftritt.

Smirnow. Luka.

Luka (reicht ihm Wasser). Die gnädige Frau ist krank und empfängt nicht.

Smirnow. Marsch hinaus!

Luka (geht ab).

Smirnow. Krank und empfängt nicht! Ist auch nicht notwendig… Empfange nicht! Ich bleibe und werde hier sitzen, bis du das Geld hergibst… Wirst du eine Woche krank sein, werde ich eine Woche hier sitzen… Wirst du ein Jahr krank sein, werde ich ein Jahr hier bleiben… Gevatterin, ich werde schon mein Geld herausbekommen! Mich rührst du nicht mit den Trauerkleidern, auch nicht mit den Grübchen in den Wangen… Wir kennen diese Grübchen! (Er schreit zum Fenster hinaus.) Simion, spann' aus! Wir fahren nicht so bald fort! Ich bleibe hier. Sag' dort im Stall, man soll den Pferden Hafer geben! Viehkerl, das linke Pferd hat sich schon wieder in die Zügel verwickelt. (Spottet ihm nach.) Tut nichts… Ich werde dir schon zeigen, tut nichts… (Geht vom Fenster weg.) Es ist sehr schlimm … unerträgliche Hitze, keiner zahlt, diese Nacht habe ich schlecht geschlafen und hier die Trauerschleppe mit Stimmung… Der Kopf schmerzt … soll ich vielleicht einen Schnaps trinken? Schließlich … trinken wir einen… (Schreit.) Diener!

Luka (tritt ein). Was wünschen Sie?

Smirnow. Ein Gläschen Schnaps!

Luka (geht ab).

Smirnow (setzt sich und betrachtet seine Kleidung). Uf! Eine nette Figur! Das läßt sich nicht leugnen! Bestaubt, schmutzige Stiefel, ungewaschen, ungekämmt, Stroh auf der Weste; die Gnädige hat mich einfach für einen Räuber gehalten. (Er gähnt.) Es war etwas unhöflich, in solchem Aufzug in einem Empfangszimmer zu erscheinen, nun ja, tut nichts… Ich bin hier nicht Gast, sondern Gläubiger, und für Gläubiger ist das Kostüm nicht vorgeschrieben.

Luka (kommt mit dem Schnaps). Sie erlauben sich viel, mein Herr…

Smirnow (zornig). Was?

Luka. Ich… Ich habe nichts… Ich habe eigentlich…

Smirnow. Zu wem sprichst du?! Halt den Mund!

Luka (beiseite). So eine Bescherung! Dieses Ungetüm hat sich uns auf den Hals gesetzt. (Er geht ab.)

Smirnow. Ach Gott, wie bös ich bin! So bös, daß ich, scheint mir, die ganze Welt zu Staub zermalmen möchte… Sogar übel wird mir… (Er ruft.) Diener!

Frau Popow (kommt mit gesenkten Augen). Geehrter Herr, ich habe mich in meiner Einsamkeit völlig der Menschenstimmen entwöhnt und kann Geschrei nicht ertragen. Ich bitte Sie dringend, stören Sie meine Ruhe nicht!

Smirnow. Zahlen Sie mir mein Geld und ich reise ab.

Frau Popow. Ich sagte Ihnen bereits in Ihrer Muttersprache: ich habe das Geld jetzt nicht zur Verfügung, warten Sie bis übermorgen.

Smirnow. Auch ich hatte die Ehre, Ihnen in Ihrer Muttersprache mitzuteilen, daß ich das Geld nicht übermorgen, sondern heute brauche. Wenn Sie mir heute nicht zahlen, muß ich mich morgen aufhängen...

Frau Popow. Was soll ich aber tun, wenn ich das Geld nicht habe? Wie sonderbar!

Smirnow. Sie zahlen also nicht sofort? Nicht?

Frau Popow. Ich kann nicht...

Smirnow. Dann bleibe ich hier und werde so lange sitzen, bis ich das Geld bekomme. (Er setzt sich.) Sie werden übermorgen zahlen? Ausgezeichnet! So bleibe ich bis übermorgen. (Springt auf.) Ich frage Sie, muß ich morgen die Zinsen zahlen oder nicht?... Oder glauben Sie, ich scherze?

Frau Popow. Geehrter Herr, ich bitte Sie, nicht zu schreien! Hier ist kein Stall!

Smirnow. Ich frage Sie nicht nach dem Stall, sondern danach, ob ich morgen die Zinsen erlegen muß oder nicht?

Frau Popow. Sie wissen nicht, wie man sich einer Dame gegenüber beträgt.

Smirnow. O doch, ich weiß, mich mit Damen zu benehmen.

Frau Popow. Nein, Sie wissen es nicht. Sie sind ein ungezogener, grober Mensch. Anständige Leute sprechen nicht so mit Damen!

Smirnow. Ach, wie merkwürdig! Wie befehlen Sie denn mit Ihnen zu sprechen? Etwa französisch? (Boshaft lispelnd.) *Madame, je vous prie* ... wie glücklich bin ich, daß Sie mir das Geld nicht bezahlen... Pardon, daß ich Sie gestört habe! Welch herrliches Wetter wir heute haben! Und wie gut Ihnen diese Trauerkleider stehen! (Er macht Kratzfüße.)

Frau Popow. Gar nicht witzig, aber grob!

Smirnow (nachahmend). Nicht witzig, aber grob! Ich weiß mich nicht in Damengesellschaft zu betragen! Meine Gnädigste, ich habe in meinem Leben viel mehr Frauen gesehen als Sie Sperlinge! Dreimal habe ich mich der Frauen wegen duelliert, zwölf Frauen habe ich sitzen lassen, neun haben mich sitzen lassen! Jawohl! Es gab eine Zeit, wo ich den Narren spielte, Honigworte lispelte, Kratzfüße, Komplimente machte... Ich liebte, litt, seufzte den Mond an, zerfloß in Liebesqualen. Ich liebte leidenschaftlich, ich liebte bis zur Raserei, in allen Tonarten, ich schnatterte wie eine Elster über die Emanzipation, vergeudete infolge dieser zarten Gefühle das halbe Vermögen, aber jetzt, hol' mich der Teufel, ist es genug! Gehorsamster Diener, jetzt lasse ich mich nicht mehr von Euch an der Nase herumführen. Genug! »Schwarze Augen, leidenschaftliche Augen, Korallenlippen, Grübchen in den Wangen, Mondenschein, Flüstern, leises, schüchternes Atmen« – für das alles, meine Gnädige, gebe ich heute auch nicht einen Kupfergroschen! Ich spreche nicht von den Anwesenden, aber alle Frauen, von der kleinsten bis zur größten, sind aufgeblasen, heuchlerisch, klatschsüchtig, gehässig, verlogen vom Wirbel bis zur Zehe; eitel, kleinlich, grausam, von einer empörenden Logik und was das (er schlägt sich auf die Stirn) betrifft, so, verzeihen Sie mir die Aufrichtigkeit, kann ein Sperling einem x-beliebigen Philosophen im Unterrock zehn vorgeben! Sieht man ein solch poetisches Geschöpf vor sich, so glaubt man, ein ätherisches, göttliches Wesen zu erblicken, so wunderschön, ein Hauch und man zerfließt in tausend Entzückungen und Wonnen – sieht man aber in die Seele – so ist es ein gewöhnliches Krokodil! (Er greift eine Stuhllehne, der Stuhl kracht und bricht entzwei.) Das Empörendste ist aber, daß dieses Krokodil sich einbildet, es sei ein *Chef-d'œuvre*, die zarten Gefühle seien sein alleiniges Monopol. Der Teufel hol's, hängen Sie mich da an diesem Nagel mit den Füßen nach oben auf, wenn die Frau außer ihrem Seidenpinsch jemand lieben kann. Wenn sie liebt, versteht sie bloß, zu jammern oder Tränen zu vergießen. Wo der Mann leidet und Opfer bringt, dort äußert sich ihre ganze Liebe darin, daß sie mit der Schleppe hin und her dreht und den Mann an der Nase herumführen will. Sie haben das Unglück, eine Frau zu sein, Sie werden daher die Frauennatur kennen, sagen Sie mir auf Ehr' und Gewissen: haben Sie in Ihrem Leben schon eine Frau gesehen, die aufrichtig, treu und beständig gewesen wäre? Sie haben sie nicht gesehen! Treu und beständig sind einzig und allein die Alten und die Mißgestalteten. Sie werden eher einer gehörnten Katze oder einer weißen Waldschnepfe begegnen als einer treuen Frau!

Frau Popow. Aber erlauben Sie mir, wer ist denn nach Ihrer Meinung treu und beständig in der Liebe? Etwa der Mann?

Smirnow. Jawohl! Der Mann!

Frau Popow. Der Mann! (Sie lacht ironisch.) Der Mann ist treu und beständig in der Liebe! Das ist aber etwas ganz Neues. (Bitter.) Mit welchem Recht behaupten Sie das? Die Männer und treu, beständig! Wenn wir schon soweit gekommen sind, so werde ich Ihnen sagen, daß von allen Männern, die ich gekannt und kenne, der beste mein seliger Mann war… Ich liebte ihn leidenschaftlich, mit allen meinen Gefühlen, wie nur eine junge, denkende Frau lieben kann; ich gab ihm meine Jugend hin, mein Glück, das Leben, mein Vermögen, ich betete ihn an, wie eine Heidin und … und was geschah? Dieser beste der Männer betrog mich auf Schritt und Tritt in der gewissenlosesten Art. Nach seinem Tode fand ich im Schreibtisch eine volle Lade mit Liebesbriefen und bei Lebzeiten – mir ist es furchtbar, daran zurückzudenken – ließ er mich wochenlang allein, machte er in meiner Gegenwart anderen Frauen den Hof, hinterging er mich, verschwendete mein Geld und spottete über meine Gefühle… Und trotz alledem liebte ich ihn und war ihm treu… Ja noch mehr, er ist gestorben und ich bin ihm noch immer treu. Ich habe mich für ewig zwischen den vier Mauern begraben und bis zum Tode lege ich diese Trauerkleider nicht ab…

Smirnow (lacht verächtlich). Trauerkleider!… Ich begreife nicht, für wen Sie mich halten. Als ob ich nicht wüßte, wozu Sie diesen schwarzen Domino tragen und warum Sie sich in den vier Wänden begraben haben. Ob ich das weiß! Das ist so geheimnisvoll, poetisch! Irgend ein Junker wird an dem Herrenhaus vorbeifahren, oder ein geckenhafter Poet zu den Fenstern hinaufblicken und sich denken: »Hier lebt die geheimnisvolle Tamara, die aus Liebe zu ihrem Gatten sich zwischen den vier Mauern begraben hat.« Wir kennen diese Kunststücke.

Frau Popow (aufspringend). Was? Wie unterstehen Sie sich, mir das alles zu sagen?

Smirnow. Sie haben sich lebendig begraben, Sie haben aber dabei nicht vergessen, Ihr Gesicht zu pudern!

Frau Popow. Wie wagen Sie es nur, mit mir so zu sprechen?

Smirnow. Schreien Sie nicht, ich bitte Sie, ich bin nicht Ihr Verwalter! Gestatten Sie mir die Dinge beim rechten Namen zu nennen. Ich bin keine Frau und bin gewohnt, meine Meinung offen zu äußern! Bitte also, nicht zu schreien!

Frau Popow. Nicht ich schreie, sondern Sie schreien. Lassen Sie mich in Ruh', ich bitte!

Smirnow. Zahlen Sie mir das Geld und ich reise ab.

Frau Popow. Ich werde Ihnen das Geld nicht geben.

Smirnow. Nicht? Sie geben es also nicht?

Frau Popow. Ihnen zum Trotz werden Sie keinen Kopeken bekommen! Sie sollen mich in Ruhe lassen!

Smirnow. Ich habe nicht das Vergnügen, Ihr Gemahl oder Ihr Bräutigam zu sein, und bitte Sie daher, keine Szenen! (Er setzt sich.) Ich vertrage das nicht.

Frau Popow (schwer atmend vor Zorn). Sie setzen sich?

Smirnow. Ich sitze bereits.

Frau Popow. Ich bitte, gehen Sie!

Smirnow. Geben Sie das Geld! (Beiseite.) Ach, wie böse ich bin, wie böse!

Frau Popow. Ich wünsche nicht, mit unverschämten Menschen zu sprechen. Hinaus! (Pause.) Sie gehen nicht? Nein?

Smirnow. Nein.

Frau Popow. Nein?

Smirnow. Nein.

Frau Popow. Gut… (Sie klingelt.)

Neunter Auftritt.

Die Vorigen. Luka.

Frau Popow. Luka, führe diesen Herrn hinaus!

Luka (geht auf Smirnow zu). Mein Herr, gehen Sie doch, wenn man Ihnen befiehlt. Was wollen Sie hier…

Smirnow (aufspringend). Halt das Maul! Mit wem sprichst du? Ich zermalme dich zu Brei!

Luka (faßt sich nach dem Herz). Gerechter Gott! (Er fällt in einen Stuhl.) Ach, mir ist schlecht, ich habe keinen Atem!

Frau Popow. Wo ist Dascha? (Ruft.) Dascha! Pelageja! Dascha! (Sie klingelt.)

Luka. Ach, alle sind Beeren suchen gegangen… Keiner ist zu Hause! Mir ist schlecht! Wasser!

Frau Popow (zu Smirnow). Scheren Sie sich! Fort!

Smirnow. Wollen Sie nicht etwas höflicher sein?

Frau Popow (die Fäuste ballend und mit den Füßen stampfend). Sie sind ein Grobian! Ein grober Bär! Ein Ungeheuer!

Smirnow. Was, wa–as haben Sie gesagt?

Frau Popow. Ich habe gesagt, daß Sie ein Bär, ein Ungeheuer sind!

Smirnow (nähert sich ihr mit raschen Schritten). Aber erlauben Sie mir, welches Recht haben Sie, mich zu beleidigen?

Frau Popow. Ja, ich beleidige Sie. Was ist denn dabei? Sie glauben, daß ich mich vor Ihnen fürchte?

Smirnow. Und Sie glauben wohl, als poetisches Geschöpf haben Sie ein Recht, ungestraft zu beleidigen? Ich fordere Sie!… Da haben Sie es…

Luka. Barmherziger Gott! Wasser!

Smirnow. Es wird duelliert!

Frau Popow. Glauben Sie, weil Sie kräftige Fäuste und einen Stiernacken haben, daß ich Sie fürchte? Sie Grobian!

Smirnow. In die Schranken! Ich erlaube keinem, mich zu beleidigen, und schere mich nicht drum, daß Sie eine Dame, ein zartes Geschöpf sind!

Frau Popow (bemüht sich, ihn zu überschreien). Bär! Bär! Bär!

Smirnow. Es ist endlich Zeit, mit dem alten Vorurteil aufzuräumen, daß nur der Mann verpflichtet sei, für eine Beleidigung Genugtuung zu geben. Wenn Gleichberechtigung, so Gleichberechtigung in allem, zum Teufel noch einmal! In die Schranken.

Frau Popow. Sie wollen sich also duellieren? Bitte!

Smirnow. Sofort!

Frau Popow. Sofort! Mein Mann hatte Pistolen… Ich bringe sie sogleich. (Sie geht eilig ab und wendet sich um.) O, mit welchem Vergnügen werde ich Ihnen die Kugel in die unverschämte Stirn jagen! Der Teufel hole Sie! (Geht ab.)

Smirnow. Wie ein Hühnchen schieße ich sie nieder! Ich bin kein grüner Junge, kein sentimentaler, junger Hund! Für mich gibt es keine zarten Geschöpfe!

Luka. Väterchen, (er fällt auf die Knie) erbarme dich meiner, eines alten Mannes, erweise mir die Gnade und geh' fort von hier! Du hast mich zu Tode erschreckt und jetzt willst du dich noch duellieren!

Smirnow (hört ihn nicht). Duellieren … darin liegt die Gleichberechtigung, die Emanzipation! Dabei sind beide Geschlechter gleich. Aus Prinzip schieße ich sie nieder. Aber was sagt man zu solch einem Weib (nachahmend) »der Teufel hole Sie! Ich werde die Kugel in Ihre unverschämte Stirn jagen!« Was sagt man dazu? Hat sich ereifert, die Augen blitzten … sie hat die Forderung angenommen. Bei meiner Ehre, zum erstenmal in meinem Leben sehe ich eine solche Frau!

Luka. Väterchen, geh' fort! Geh' fort von hier!

Smirnow. Das ist eine Frau! Das begreife ich. Ein echtes Weib! Kein weicher Teig, nicht zerflossen, sondern Feuer, Schießpulver, eine Rakete! Es wäre schade, eine solche niederzuschießen!

Luka (weint). Väterchen, geh' fort!

Smirnow. Sie gefällt mir entschieden! Entschieden! Trotz der Grübchen in den Wangen gefällt sie mir. Ich bin sogar bereit, ihr die Schuld nachzusehen … und der Zorn ist mir vergangen … eine merkwürdige Frau!

Frau Popow (kommt mit den Pistolen).

Zehnter Auftritt.

Die Vorigen. Frau Popow.

Frau Popow. Da sind die Pistolen … aber ehe wir uns duellieren, zeigen Sie mir, bitte, wie man schießen muß… Ich habe noch nie im Leben eine Pistole in der Hand gehalten.

Luka. Gott sei uns gnädig und erbarme dich unser! Ich gehe und hole den Gärtner und den Kutscher… Woher ist nur dieses Unheil über uns gekommen? (Er geht ab.)

Smirnow (betrachtet die Pistolen). Sehen Sie, es gibt verschiedene Sorten von Pistolen… Es gibt speziell Duellpistolen von Mortimer, mit Kapseln. Aber das sind Revolver System Smith und Wesson, mit einem Extraktor … herrliche Pistolen. So ein Paar kostet mindestens neunzig Rubel… So muß man den Revolver halten… (Beiseite.) Diese Augen, diese Augen! Ein feuriges Weib!

Frau Popow. So?

Smirnow. Ja, so … dann ziehen Sie den Hahn auf … da… So legen Sie an… Den Kopf ein wenig zurück… Strecken Sie gefälligst den Arm fest aus! So … dann drücken Sie mit diesem Finger auf das Ding da, und das ist alles. Die Hauptregel ist aber: nicht aufgeregt sein, sich nicht beeilen beim Zielen und darauf achten, daß die Hand nicht zittere.

Frau Popow. Gut. Im Zimmer ist es unbequem zu schießen, gehen wir in den Garten.

Smirnow. Gehen wir. Ich mache Sie jedoch darauf aufmerksam, daß ich in die Luft schießen werde.

Frau Popow. Das fehlte noch. Warum?

Smirnow. Weil … weil … das ist meine Sache, warum!

Frau Popow. Sie haben Angst bekommen! Ja? A–a–h? Nein, mein Herr, nur keine Ausflüchte! Bitte, folgen Sie mir! Ich werde mich nicht eher beruhigen, bis ich Ihre Stirn durchbohrt haben werde, diese Stirn, die ich so sehr hasse. Sie haben Angst bekommen?

Smirnow. Ja, ich habe Angst bekommen.

Frau Popow. Sie lügen. Warum wollen Sie sich nicht schlagen?

Smirnow. Weil … weil … weil Sie mir gefallen.

Frau Popow (mit bösem Lachen). Ich gefalle ihm! Er wagt es zu sagen, daß ich ihm gefalle! (Sie zeigt nach der Tür.) Gehen Sie!

Smirnow (legt schweigend den Revolver auf den Tisch, nimmt den Hut und geht; an der Tür bleibt er stehen; eine Weile sehen sie sich schweigend an, dann nähert er sich unschlüssig). Hören Sie … sind Sie noch böse?… Ich war auch teufelswütend, aber verstehen Sie mich nur recht … wie soll ich mich nur ausdrücken?… Die Sache ist nämlich die … daß solche Geschichten eigentlich… (Er schreit.) Nun ja, ist es denn meine Schuld, daß Sie mir gefallen? (Ergreift die Stuhllehne, der Stuhl kracht und bricht entzwei.) Der Teufel weiß, was für gebrechliche Möbel Sie haben! Sie gefallen mir! Verstehen Sie? Ich… Ich bin fast verliebt!

Frau Popow. Fort von mir, ich hasse Sie!

Smirnow. Gott! Welch ein Weib! Ich habe nie im Leben so etwas Ähnliches gesehen! Ich bin verloren, ruiniert! Ich bin in die Mausefalle geraten, wie eine Maus!

Frau Popow. Gehen Sie, oder ich schieße!

Smirnow. Schießen Sie! Sie können nicht begreifen, welches Glück es ist, unter den Blicken dieser herrlichen Augen zu sterben, zu sterben durch den Revolver, den dieses kleine Sammethändchen hält… Ich bin verrückt geworden! Bedenken Sie und entscheiden Sie sofort, denn wenn ich jetzt von Ihnen gehe, sehen wir uns nie wieder. Entscheiden Sie, sprechen Sie… Ich bin von Adel, ein anständiger Mensch, habe Zehntausend jährlich Einkommen… Treffe mit dem Gewehr eine Münze, die in die Luft geworfen wird… Ich besitze herrliche Pferde. Wollen Sie meine Frau werden?

Frau Popow (empört, schwingt den Revolver). Schießen! In die Schranken.

Smirnow. Ich bin um den Verstand gekommen… Ich begreife nichts. Diener! Wasser!

Frau Popow (schreit). In die Schranken!

Smirnow. Ich habe meinen Verstand verloren … ich habe mich verliebt, wie ein grüner Junge, wie ein Narr verliebt! (Er ergreift ihre Hand, sie schreit vor Schmerz auf.) Ich liebe Sie! (Er kniet nieder.) Ich liebe Sie, wie ich noch nie geliebt habe! Zwölf Frauen habe ich sitzen lassen, neun sind mir untreu geworden, aber keine einzige von ihnen habe ich so geliebt wie ich Sie liebe. Ich bin besiegt, verloren, ich liege auf den Knieen wie ein Narr und biete Ihnen die Hand an… Schmach und Schande! Fünf Jahre lang habe ich mich nicht verliebt, ich habe es mir gelobt und nun bin ich mit einem Mal hineingeraten, wie die Deichsel in einen fremden Kutschkasten! Ich biete Ihnen die Hand an, Ja oder nein? Wollen Sie nicht? Dann nicht. (Er steht auf und geht schnell zur Tür.)

Frau Popow. Warten Sie…

Smirnow (bleibt stehen). Nun?

Frau Popow. Nichts… Sie können gehen! Übrigens, warten Sie! Nein, gehen Sie, gehen Sie! Ich hasse Sie! Oder nein! Gehen Sie nicht fort! Ach, wenn Sie wüßten, wie böse ich bin, wie böse! (Sie wirft den Revolver auf den Stuhl.) Die Finger sind mir angeschwollen von diesem Ekel… (Sie zerreißt vor Zorn ihr Taschentuch.) Was stehen Sie noch da? Packen Sie sich!

Smirnow. Leben Sie wohl!

Frau Popow. Ja, ja, gehen Sie nur! (Schreit.) Wohin gehen Sie denn? Warten Sie… Übrigens gehen Sie… Ach, wie böse ich bin! Kommen Sie nicht zu nahe, kommen Sie nicht zu nahe, kommen Sie mir nicht näher!

Smirnow (nähert sich ihr). Wie ich mich über mich selbst ärgere! Wie ein Gymnasiast habe ich mich verliebt, auf den Knieen habe ich gelegen … mich überläuft es eiskalt… (Streng.) Ich liebe Sie! Das hat mir gefehlt, ich habe es notwendig gehabt, mich zu verlieben! Morgen muß ich Zinsen zahlen, die Heuernte hat begonnen und da erscheinen Sie. (Er faßt sie um die Taille.) Ich werde es mir nie verzeihen!

Frau Popow. Weg! Die Hände weg! Ich hasse… Sie!… In die Schranken! (Langer Kuß.)

Elfter Auftritt.

Die Vorigen. Luka. Gärtner. Kutscher. Arbeiter.

Luka (mit einer Axt).

Gärtner (mit einem Rechen).

Kutscher (mit einer Heugabel).

Arbeiter (mit Stangen).

Luka (erblickt das sich küssende Paar). Gerechter Gott! (Pause.)

Frau Popow (die Augen senkend). Luka, sag' im Stall, daß Tobby heute gar keinen Hafer bekommen soll.